ますます健康川柳

210の教え

近藤勝重

GENTOSHA

はじめに　生き抜く力なら川柳です

みなさんは川柳という文芸名の由来をご存じですか。手元の辞書には、江戸時代、作品の点数をつけていた柄井八右衛門《からいはちえもん》（一七一八－一七九〇）の点者名、つまりペンネームの柄井川柳にちなむといった趣旨の説明がされています。

ま、そうなんですが、でもこれではなぜ川柳と名乗ったのかの疑問は残ります。実は諸説あるんです。

例えば、柄井翁《おう》の居住地、浅草新堀《しんぼり》端の川と柳にヒントを得たという説など、なるほどとうなずけます。ですがぼくは、松尾芭蕉《まつおばしょう》（一六四四－一六九四）という俳号を意識したとの説が気に入っています。

芭蕉とは、バショウを模した名です。江戸に出て移り住んだ深川の庵《いおり》の庭に繁茂していたもので、大きな緑の葉が特徴です。柄井翁はそのことを念頭に葉幅の狭い川柳《かわやなぎ》を思いついたというんですね。

同じ俳諧の世界の尊敬すべき大先輩である芭蕉を立てたということかもしれませんが、バショウとヤナギの葉の大小という対比で、俳句が「自然と人生」と大きくとらえるのに対し、川柳は日々の「生活と人間」を詠むという、そんな説明にも大いに役立ちます。

さて、毎日新聞（大阪）朝刊1面に毎日掲載の「近藤流健康川柳」（MBSラジオ「しあわせの五・七・五」共催）も二〇一七年四月で丸十年を迎えました。その記念に句集を、ということで作業を進めてきましたが、投句は毎年約五万句にのぼります。

察するに、この五万句は「しあわせの五・七・五」のパーソナリティ、水野晶子さんの澄んだ声で紹介され、ラジオに流れるという魅力も手伝っての句数と思われます。本書ではぼくの寸評、コラムのほか、水野さんの「水野晶子の〝川柳な人々〟」も収めていますので、お楽しみください。

掲載の作品は、日々の選句でぼくがいつも心を動かされてきた〈生き抜く力になる一句〉を中心に選びました。

もちろん川柳ですから、穿《うが》ちやおかしみ、軽みの要素も大切です。掲出の句がみなさんの日々の生活に役立てば幸いです。ますますのご健康を祈っております。

近藤勝重

ますます健康川柳 210の教え　目次

「水野晶子の〝川柳な人々〟」とは

毎日放送ラジオ「しあわせの五・七・五」（土曜朝五時〜五時半）にはサブタイトル「川柳で生き方再発見！」がついています。

川柳を詠むと自分の暮らしを見つめ直すことにつながり、新しい生き方が見つかるのでは？　そんな提案を込めたフレーズは、リスナーの方々の共感を得て、番組はもうすぐ十周年を迎えようとしています。キャスターを務める私は、投稿してくださる方の元を訪れる取材を続けてきました。

名付けて〝川柳な人々〟。これまでお会いした多くのリスナーの中から、今回は三人の方の話をご紹介します。

水野晶子

ＭＢＳラジオのスタジオにて、近藤勝重と水野晶子。

本書に掲載された川柳作品は、
毎日新聞大阪本社発行紙面の「近藤流健康川柳」
（ＭＢＳラジオ「しあわせの五・七・五」共催企画）の掲載句の一部です。

カバー・本文イラスト　佐々木一澄
ブックデザイン　アルビレオ
ＤＴＰ　美創
編集協力　毎日新聞大阪本社
ＭＢＳラジオ「しあわせの五・七・五」

ますます健康川柳

210の教え

近頃の妻の脅しは「先逝くで」

中口信夫

「先逝くで」には笑ってしまいました。ご主人は笑いごとではなかったかもしれませんが、こういう夫婦、言いたいことを言い合うのが常で、案外仲がよかったりするものです。奥さんが出掛けようとすると、「ワシも行く」。世に言う「ワシも族」ですが、こういうご亭主は「先逝くで」と言われても、「ワシも行く」ときっと言うでしょう。

元気かと
度々聞かれ
不安増し

然心爛漫

医学書を読み過ぎ医者を怒らせる

田原勝弘

湯につかり欠伸《あくび》2回で今日を〆《しめ》

北川吉弘

「奇麗です」妻言われてるレントゲン

芝原茂

病名が難し過ぎて気にならず

ポンタロウ

頑張れにピースで答え手術室

塚本皓一

一万歩目標なのに近道し

多江照代

健康じゃないとできない健康法

吉田エミ子

なぜ勝てぬ妻の無言という武器に
浮々

シップはるこの時だけは良き夫婦
石塚里恵

お日さまに足の裏まで当ててみる
空元気

喧《けん》嘩《か》して三食作るアホらしさ

栄子

「なんで作らなあかんの」。奥さんのつぶやきが聞こえてくるようです。心の内ではこんなことを言っているかもしれませんよ。「手ェの込んだもんなんか、せェへんで。味なんか知るかいな」。夫のつぶやきも聞いてみましょう。「……まずい」。ま、そうは思っても口には出せない。作ってくれただけでもよしと思わな。そう言い聞かせてはみても、やはりまずいものはまずいですか？

外す物
カツラ補聴器
メガネに歯

金山冨貴子

息子似の
医者でますます
増す不安

畠房生

ペットには何ひとつ無い隠し事

渡辺啓充

ウガイする好きな演歌の節つけて

東谷日出男

肩で風切ったあいつも腰を曲げ

きよつぐ

ポチ

山ひとつ呑《の》み込むほどの深呼吸

錦武志

医者へ行け人には軽く言えるけど

杉谷晶三

まあいいか鏡の自分へひとりごと

中村啓子

初対面どっち若いか探ってる

上田美保子

だんだんと母に似てきた影法師

野口久美子

ついにした禁煙威張る九〇歳

芝原茂

本日をご破算にして床につく
徳留節

小言にも少し入れとく思いやり
田川弘子

「何食べたい？」言って通らぬリクエスト
ひのえうま

「無心なもの」を詠む

ペットには何ひとつ無い隠し事

詩人の丸山薫氏に「犬と老人」と題した作品があります。子犬を連れて散歩中に出会った老人が、犬をなでながら、ふいにこう言ったのだそうです。

「かやうな無心なものがなにより慰めになり申す／女房は墓になりました／子供は育って寄りつかん／世間には憂きことばかり／終日《いちにち》働いて帰るとかやうなものがじやれついてくれる／もうそれだけで疲れは忘れるでごわすよ」

愛犬家で知られた中野孝次氏が『五十歳からの生き方』でこの詩を引き、犬との通い合う心にふれ、「人間どうしではなかなかそうはいかない」と書いています。

作者である渡辺さんのペットが何かはこちらの想像でしかありません。とりあえずペットは犬と察して書きだしましたが、猫、あるいは亀かもしれません。

人間と違ってペットは余計なことを一切言わない。おまけにこちらをおだやかな気持ちにさせてくれ、川柳のネタにもなってくれ、何とありがたい存在でしょう。

「無理するな」妻の化粧に口すべり

和泉雄幸

元気です
それだけ書こう
年賀状

モンブラン

阪神の試合無い日は気が休む

山崎和男

それにしても阪神戦を見るには決意がいります。テレビをつけると、いきなり逆転されたりするからです。ぼくの友人は試合中、あぐらをかいた足の左右を入れ替えることすらためらいます。動くのが悪いと思っているからで、家族にも「動くな！」と声を上げるそうです。もっとすごいのは「息をしたらアカン」という友人です。トラ命の男ですが、ぼくは彼には「死ぬなよ」と言うぐらいにしています。

なれそめの記憶異なる老い２人

中林照明

水たまり昔みたいに飛んでみた

山下博美

髪形に悩んだ頃の懐かしさ

芝原茂

愛犬が進路を決める定年後

魚崎のリコちゃん

しそこねた話を月にして帰る

三宅一歩

ババカイを女子会に変え今おとめ

パンちゃん

自分だけ早く来るよな誕生日

渕崎忠男

バラ園へ誘える人は妻ぐらい

キャッチャーゴロ

病院で再会をしてハイタッチ

ポンタロウ

忘れろと言われなければ忘れてた

熊沢政幸

寝よう、寝なければ、と思ったばかりに、寝られなくなった――そんな体験、ありませんか。とらわれが強くなると、感覚がとんがってきて、つい逆のほうに意識が向いたりするものです。この句は、人の一言にもとらわれる人間心理の微妙な感じを詠んだものです。ぼくの体験を一つ。歯科医から「大丈夫ですか」「大丈夫ですね」と何度も聞かれて不安を覚え、治療をやめてもらい家に帰りました。

「いい人」に「そやけど」付いて急降下

西郷隆雄

病院へ通わなければ死亡説

矢野隆

今朝もまた頭皮をたたく音がする

藤田敬子

あの世まで行って来たぞと友自慢

神吉郁夫

改めていつもの今日の有難さ

然心爛漫

歯医者での治療中でも喋る母
りんご姫

「はい、はい」と「はい」と「はーい」で意思表示
夢邸

何事も腹に溜《た》めないい鯉のぼり
毎土きくお

いくつかの角を回って角が取れ
田原勝弘

発注書みたいな妻のメール来る
コルボ

老人会病気がないとネタがへり
鈴木登久子

遺影とは生前よりもよく喋り

上田美保子

おしゃれしよ今日より若い日ないのなら

藤井ゆみ子

同級生歳の話がラクにでき

大森美加子

近藤師範より

バラと妻

バラ園へ誘える人は妻ぐらい

何といってもこの句は、「バラと妻」という対比の妙が効いています。いや何もことさら対比しようというのではないのでしょうが、そうなってしまっているところがいいんですね。確かこの句がＭＢＳラジオ「しあわせの五・七・五」で紹介された際、パーソナリティの水野晶子さんから「近藤さんはどなたを」と問われた気がします。水野さんのこの手の質問にうかうか答えると、いろいろ突っ込まれるので、むにゃむにゃですませました。

勝手に想像するだけですが、「奥さんが一緒に来てくれるだけでもうらやましいよ」という人もいれば、「それ以上、何を望むのか」とツッコミを入れた人だっていたのではないでしょうか。

ともあれバラ園は色とりどりの豪華な花が香りをふりまいて一面に咲き満ちていたことでしょう。夫は夫で、妻は妻で花の全盛期を思い出しつつ、互いに何かトゲトゲしくなった……とそんな対比の妙の一句もぜひ。

水野晶子の
〝川柳な人々〟

元気です
それだけ書こう
年賀状

ラジオネーム「モンブラン」さん。山縣淑美さん（六七）は、神戸の下町食堂の女将《おかみ》さんです。扉を開けば、八席ほどの小さなお店。カウンターには料理の小皿が所狭しと並べられています。高野豆腐の卵とじ、焼き魚、南瓜《カボチャ》の煮つけ。ポテトサラダに、おでんなどなど。その中から四つ選び、ごはんとお味噌汁《みそしる》がついて、お昼の定食五百五十円！

でも、かつて淑美さんが想像していた暮らしと、今の姿は随分違っています。運命を変えたのは、阪神・淡路大震災でした。

夫の勝利さん（七二）と当時二人で営んでいた寿司屋。直下型地震は、店舗兼自宅の建物を一瞬にして二つに裂きました。直後、神戸長田を襲った大規模火災。勢いを伸ばし続ける炎を前に、茫然《ぼうぜん》と立ち尽くしました。

近所は軒並み破壊され、常連さんたちも消え去り、売り上げは激減。そこで淑美さんは、ネタをお惣菜にしてみました。一パック百円で売り出したのです。午前三時から調理しました。鯖《さば》の煮つけ、炊き込みご飯。街の復興がなかなか進まない中、被災した人たちにとって、安いお惣菜はありがたい存在となりました。

震災から八年たった二〇〇三年、震災後のストレスの影響か、勝利さんが脳梗塞《のうこうそく》に倒れました。左半身の麻痺、左目の失明。寿司職人として再び腕を振るう夢はついえました。

二人をさらなる危機が襲ったのは二〇〇七年でした。急激な原油高です。食用油や小麦粉など材料費すべてが値上がりしました。

お惣菜を入れる容器まで、一パックにつき十円も値が上がったのです。それでも客の声を励みに一パック百円を貫きました。結果、作れば作るほど赤字がかさむことに。そして年の暮れ、ついに閉店に追い込まれました。

震災で壊れた家を建て直して暮らしていましたが、その自宅も手放すより他ありませんでした。ローンの返済が、まだまだ残っている中での引っ越し。淑美さんは車椅子を押しながら、夫の呟《つぶや》く一言を聞きました。

撤退……やなあ。

そのときの淑美さんの作品です。

元気です　それだけ書こう年賀状

二人はまた新たな挑戦を始めました。それが現在の八席の食堂です。神戸市須磨区・板《いた》宿《やど》の商店街、下町の風情が残る横丁にたたずむ「まるさ食堂」。壁には淑美さんやお客さんの川柳が数多く掲げられています。

「震災から二十年以上。あがいて、もがいて、それでもどうにもならない自分がいます。でも、生きていかなければなりません。そんな私のそばに、いつも寄り添ってくれている。川柳はそういう存在なんです」

増毛剤「まだ買いますか？」妻が言う

西郷隆雄

夫の増毛剤。妻には「むなしい努力」ということがすでにわかっています。だって、少しも増えていないもん。何年たつの、使い始めて……。でも、ここはストレートに言っては角が立つ。毛が立ってくれるのなら、遠慮なく言わせてもらうけど。ま、やんわりと、少しの皮肉も込めて。が、夫は「もう少し、やってみるか」。奥さんの次の一言、難しいですよね。

しばらくと
握手をしたが
名が出ない

松本利博

気のせいと
歳のせいだと
お医者様

吉田エミ子

リモコンを妻のいびきに向けてみる

力丸規子

お墓までナビしてくれる赤とんぼ

渡辺啓充

ふるさとへ電話一本子にもどる

くりママ

1
2
3
4
5
6
7
8
9
10
11
12

十年後想えば今が若いがな

くずれ荘の管理人

うちの風呂癒やしの旅の疲れとる

きよつぐ

喧嘩して互いに猫に語りかけ

熊沢政幸

八十になればなったで欲が出る
真砂博

おしゃべりはやっぱり薬より効くね
古結芳子

ブラブラとラブラブしてる爺と婆
然心爛漫

同病と聞いて許せる嫌な奴

三宅一歩

二十年前、胃がんを患いました。そうか、彼も胃を……と思うと話しかけたりして、「手術後初めてコーヒーを飲んだときの体内にしみる感覚が忘れられませんよ」などと。相手がうなずいてくれると、あれこれとつい長話に。この句では相手が「嫌な奴」と断わっていますが、同じ病で同じように痛い思いをしたのかと思うと、親近感さえ覚えたりするものです。わかる、わかるの句ですね。

歳ですな
医者に言われん
でもわかる

津川トシノ

カイロ貼る「腰はどこや？」と妻に聞く

川崎憲治

バレぬよう変えてへそくり場所忘れ
安川修司

大嘘をよく言ったなと弔辞褒め
三宅一歩

妻の字が無意識のうち毒になり
和泉雄幸

お帰りは何時ですかと聞く夫

安部亜紀子

凹《へこ》んだら貰った大吉ちょっと見る

吉川泰司

サブちゃんの気分にさせる花吹雪

畠房生

遺言を書いてるうちに生きる欲

福井恵子

嫁はんと息が合うのは欠伸だけ

くずれ荘の管理人

現実はあのマドンナが孫自慢

中口信夫

自分史に装飾の恋ちょっと入れ

熊沢政幸

医者よりもテレビの話祖母信じ

田原勝弘

「もう歳」の裏にひそんだ「まだ若い」

和泉雄幸

年齢に思うこと

十年後想えば今が若いがな

今日という日が一番若い、とはよく言われることです。確かにそうですが、一日はあっという間。いやいや一カ月、一年も過ぎてみればあっという間です。年齢をどう見ればいいかを教えてくれる作品です。

デズモンド・モリス著『年齢の本』に九十二歳の老人が登場して、美しい少女が通り過ぎ去るのを見ながら、ため息まじりにこうおっしゃる。「もう一度七十歳になれるのなら、何でもくれてやるのに！」

古希を迎えた七十歳の方には、ことのほか喜んでもらえる逸話です。

毎日新聞夕刊の「新幸福論」の企画で作家、桐島洋子さんが語っていました。

〈ニューヨークである女性の元に、下宿させてもらったときでした。彼女が「今日は、私の残りの人生の最初の日」と、窓を開けながら小さい声で言っていた。だれが言い出した言葉か知らないが、心新たに、みずみずしい気持ちで生きていったら、人生を大事にできるだろうなって思って。私もつぶやくようになった〉

ニュートリノどこの店かと妻が言う

秋山敏

いや、おかしい。さすが関西風味。ノーベル賞には研究のユーモアを競うイグノーベル賞もありますから、この句はイグノーベル川柳やな、と。ちなみにTBSラジオの時事川柳も選者役で出演しているんですが、どなたの句だったか、「ニュートリノよりも民意が軽い国」というのがありました。政治中枢への距離感とか、とにかく風土が違う。東西を行ったり来たりしているとよくわかります。

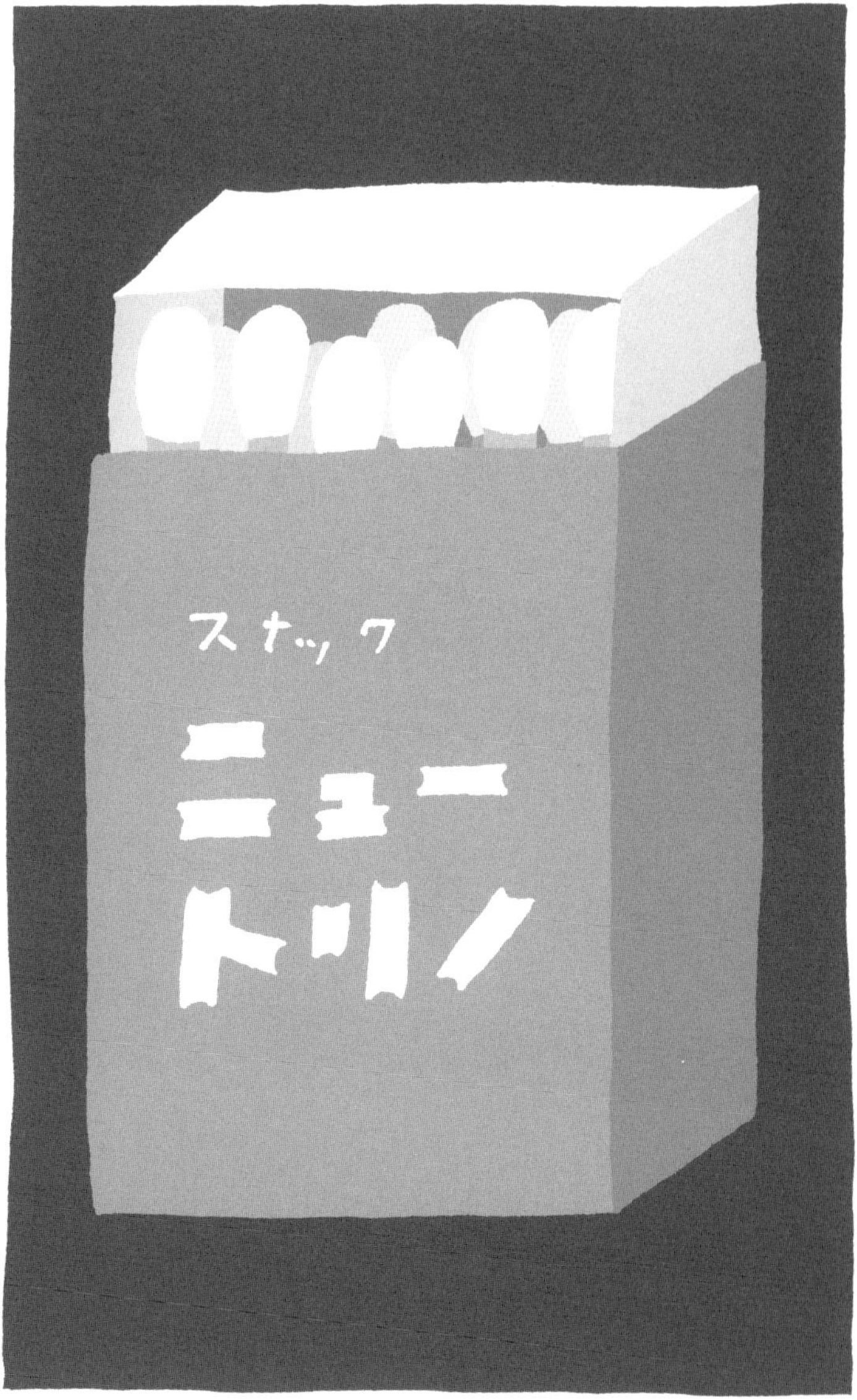
スナック
ニュートリノ

物忘れしない5ケ条もう忘れ

吉田エミ子

気にはなる
不倫の歌が
好きな妻

大杉フサオ

野球ならラッキーセブンか古希あたり
芋粥

お若いと褒められ帽子脱げぬまま
松本利博

乳ガンの術後の初ブラ目がうるみ
あかさたな

街中《まちなか》で見かけた妻は別の人
忠公

人生はゴマすり合うも多少の縁
笑助

もう春の友の誘いが二ツ三ツ
和泉雄幸

お盆前律義に夢に出る故人

浮々

「まだ咲くの」人に聞くよに朝顔に

古結芳子

自慢など一つもないと自慢する

羽室志律江

「気にするな」それ聞きたくて電話する

牧野文子

上五の一言「気にするな」で入ったところがいいんですね。そこでいったん切れます。切れた空白を補おうとするぶん、ぼくらは中七、下五により引きつけられるのです。「無理するな」で入る句も時折頂きます。関西弁でポーンと一言。もうそれだけで生活情景のひとコマが浮かび上がる。友人、知人、家族の人柄を思わせる一言、コレクトしておいてください。川柳に使えますよ。

米寿まで
つきあえそうな
医者さがす

徳留節

あの歌手の
名前浮かばず
三日経ち

寺田稔

赤とんぼ後で干そうか竿の先
増石民子

仲裁が入りケンカがこじれ出し
松村和子

溜息を乗せて重たい体重計
大杉フサオ

0
10
20
30
40
50
60
70
80
90

じいちゃんと自分を呼べる孫の前

三宅一歩

性別も齢の差もなき老夫婦

芝原茂

犬とゆくああ懐かしの通勤路

春の海

よく枯れて火が点《つ》きやすい老いの恋

矢野隆

ガンバレの声が聞こえるお弁当

渡辺啓充

百才の食欲を見て納得す

石塚里恵

一匹の蚊を追う夫婦盆踊り

芋粥

背も丸く心も丸く日向ぼこ

杉本香子

もう2月？毎年言っているような

ひのえうま

近藤師範より

まずは老境句から

性別も齢の差もなき老夫婦

年をとるにつれ夫婦も性別を意識することもなくなるばかりか、年の差があっても同い年みたいなものになってきます。この句にうなずく方も多いでしょうね。

大阪・社会部時代、「思秋期」という言葉がはやっていました。このまま年をとって、やがておばあちゃん、私は——と思い始めた頃の主婦をそう呼んだわけです。

この言葉に男はそれぞれ微妙な反応を見せていましたが、五十代半ばの先輩がこうしみじみと話していたのを今も覚えています。「うちなんか思冬期もええとこや。ふたりとも枯れて何もあらへん」

そして「異性というより異物や」。

村上春樹さんが多数の読者のメールに答えた『村上さんのところ』という本で、男性が長生きするための条件として昔、アメリカの雑誌が次の三つを掲げていたと書いていますが、①が興味深いですよ。

①同じ一人の相手と結婚生活を長く続けること ②日々適度な運動をすること ③好きな仕事をして高い収入を得ていること。

水野晶子の
〝川柳な人々〟

ふるさとへ電話一本子にもどる

川柳を作り始めると、一人で続けるより友達が欲しくなるものです。一緒に句作りしながら笑い合える「セン友」。

ただ、難しいのは最初の働きかけです。無理強いせずに川柳の仲間になってもらうにはどうすればいいか。アプローチ方法を、私は「くりママ」さん（四五）に学びました。

くりママさんは二人の男の子のお母さん。本名を栗野真知子さんとおっしゃいます。子どもたち、お母さん、お姉さん、夫、夫のご両親と、合わせて七人を巻き込んでくださった、川柳の魅力の伝道師です！

まずは、当時四歳だった寛太君。満月の夜、手をつないで一緒に歩いていたときのことです。こんな言葉をつぶやきました。

「すきだからつきはついてくるんだね」

幼い子どもの感性のやわらかさにハッとさせられたくりママさん、早速「イタダキ！」と、番組に川柳として送ることにしたのです。

好きだから月はついてくるんだね

ラジオから流れてくる自分の五七五を耳にした、最年少の川柳作家かもしれませんね。

それ以来、子どもたちは「これも川柳にして」と言ってくるようになりました。

そして、お母さんの森田文子さん（七九）。声をかけたのは、文子さんが大きなトラブルに見舞われていたときでした。交通事故に遭い、鎖骨を骨折。痛みが続き、精神的にもまいっている状況でした。

そんなときこそ川柳を、とくりママさんは考えたのですが、文子さんご本人は「そんな気分には到底なれない」と、落ち込んだまま。そこで考え出したのが「添削作戦」です。

まず、くりママさんの川柳をいくつか、お母さんにFAXで送ります。一句ではなく、数句送るところがミソです。お母さんに、どれがいい？　と選者になってもらうのです。そうして、添削もお願いね、と。すると、すべてに意欲を失っていた文子さんに、少しずつ変化が表れました。この句のほうがいい、もっとこうしたほうが良い、と川柳にどんどん向き合うようになってくれたのです。ついには、自分自身で作ってしまうところまで！

くりママさんに「身勝手ばあさん」というラジオネームまでもらって、文子さんはすっかり川柳ファンになってくださいました。

嫌なことがあるとき、しんどいときこそ、川柳にしてしまうと気持ちに変化が訪れる。くりママさんはそう考えます。

物事を客観的に観ることができて、独りよがりになっていたなあ、と気づくこともあるとか。あれこれ言葉を選んでいるうちに、ふっと笑えるところまで心が軽くなっているって、不思議ですよね。

美容師に医師に話せぬこと話し

安部亜紀子

今日の医師に多いのはパソコン画面は見ても患者を見ないタイプです。言葉も二言三言で、それも事務的な口調。病気を診ても病人は診ないんですね。医学って学問のためじゃなく、患者のためにあるんでしょ。美容師さんを招いて、雑談力を身につける講習会を是非ドクター・コースに。

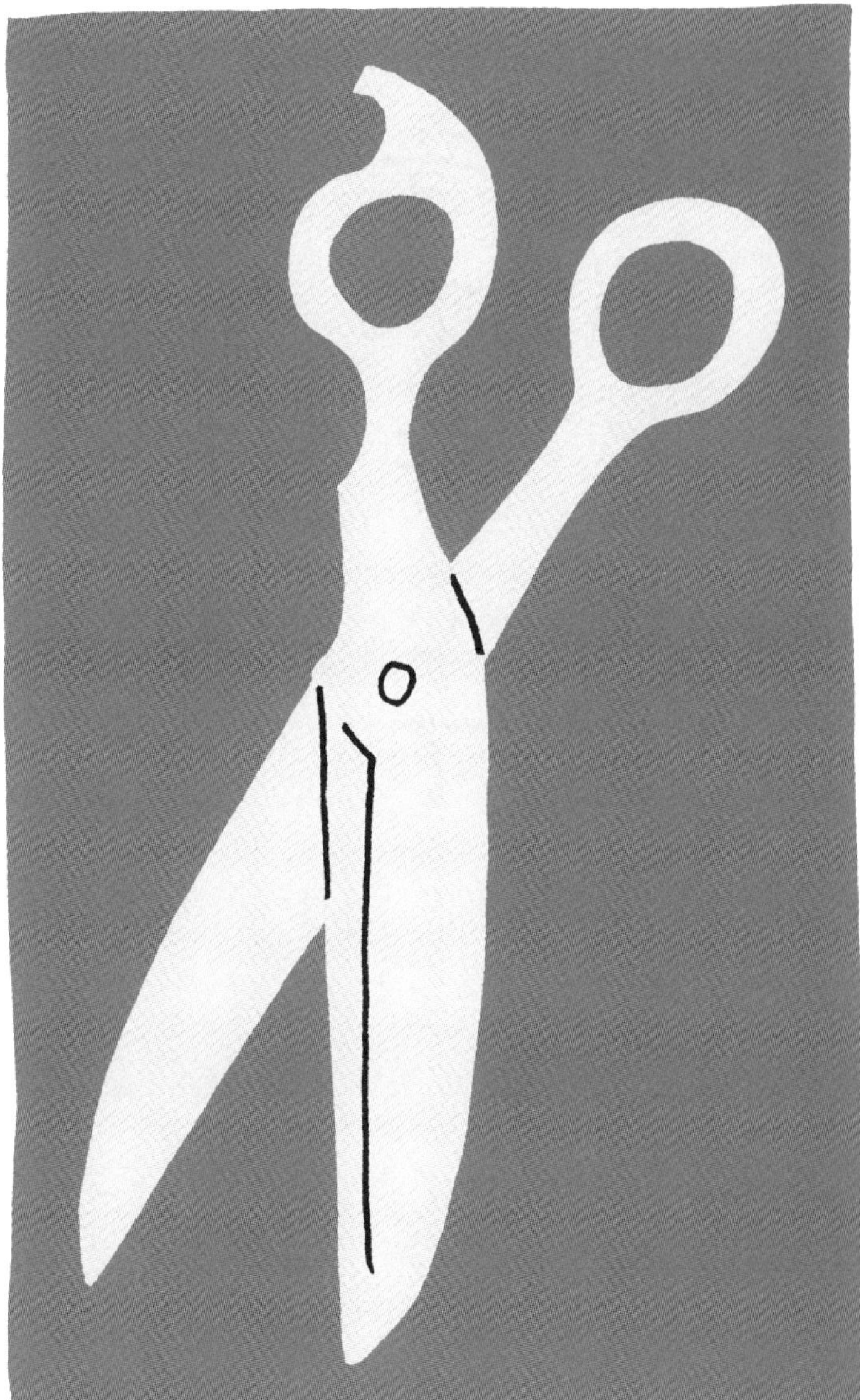

まな板の
音で許して
ないと知る

徳留節

追い抜くか
迷う時ある
ウォーキング

福井恵子

見えたより若く言うのが処世術
邪素民

友人をひとり増やして恋終る
ゆう

つまらない悩み蹴散らす歯の痛み
安川修司

老人になると思わぬ頃あった

西郷隆雄

「ヤセタイ」が「モッタイナイ」に負ける妻

どきがわ

楽しみを後に残して忘れてる

道本秋雄

ああしんど言ってる時は元気です
上田美保子

結果待つあいだに見入る生命線
田川弘子

ここが腰ですのとベルトして主張
山田芳子

恥ずかしい 言いつつ前に出る おばちゃん

田川弘子

おばちゃんはいたって正直なんです。「恥ずかしい」と言うときは本当に「恥ずかしい」と思っているのです。ですが、それ以上に、要望に応えたいという思いも強いのです。「いかがですか」とマイクを向けられ、「急いでいますので」などと拒む女性とは違い、質問には答えてあげたいと思う、それがおばちゃん。「いややわあ。きたない顔のままやんか。かなわんな」などと言いつつ。

恋人の
時より強く
抱く介護

毎土きくお

ヒマやなあ
死んだふりでも
してみるか

徳留節

いい映画観て妻に言う「歩こうか」

那須三千雄

芸能のことも書いてる母日記

吉田エミ子

辞めようと決めた時から気が楽に

伊藤耕二

退職願

掃除機が行き場無い俺追ってくる

北川吉弘

一年を演じ切ったとケヤキの葉

然心爛漫

フラダンスどこもかしこも揺れている

有真央

けんかしてうっかり笑い仲直り

田尾暉年

草むしりホントは悩みむしってる

水本鈴代

始末書のような日記を今日も書く

吉田エミ子

病名をもらってほっとひと安心

B型人間

フロメシネル家と同じの旅の宿

忠公

お父さん喋らんといてややこしい

神吉郁夫

近藤師範より

歩きたくなる映画

いい映画観て妻に言う「歩こうか」

ＭＢＳラジオの「しあわせの五・七・五」でパーソナリティの水野晶子さんがこの句に何度もうなずいていました。

映画から頂いたぬくもりをまとって外を歩きたい。映画館の外の現実物語とのあわいが醸し出す世界にも浸っていたい――。

映画を見て一人街をあてどなく歩いたことは何度もあります。高倉健さん主演の映画など、たいていそうでした。健さんに、自分のいたらなさや甘さを感じて、少しはましな人間になろうと思いつつ街を歩いたものです。

名画座だったか、「東京物語」を見たときも、ありし日の両親を思い出しながら、街を歩いた覚えがあります。長年連れ添った妻に先立たれた笠智衆さん扮《ふん》する夫周吉の寂寥《せきりよう》感。声をかける隣家の細君にぽつりつぶやく。「――一人になると急に日が永《なご》うなりますわい……」。このセリフがぼくを歩かせたのだと思います。

映画って、自分自身を改めて見つめさせてくれるんですよね。

悩み聞く
それだけなのに
喜ばれ

古結芳子

「それだけなのに」の中七が効いています。それだけだったにしろ、自分の悩みを聞いてくれる人がいたということ、その人には大きな救いになったことでしょう。知人の臨床心理士は「聞く」とは言わず、「受ける」と言います。「受け止めて答えを出すのが仕事ですから」と。記者時代、「記」の印象か、「書くの、大変でしょ」とよく言われましたが、人の話をたくさん聞いた記事は楽に書けました。

抜け毛まで
ついに少なく
なってきた

喃亭八太

五秒間
無言の医師に
胸騒ぎ

キタキツネ

孫が聞く赤ちゃん生んだ事あるか
富田千恵子

なんとなく予定はないが腕時計
小玉正博

目で言えばアゴで用事を返される
ねよやーは

目を細め太めの妻をソッと見る
大杉フサオ

男だけ歳取ってゆく同窓会
中口信夫

腕まくりしただけなのに元気出る
増石民子

もう寝よか猫のあくびにさそわれて

西本久美

アホやなぁ言ってる友の顔が好き

羽室志律江

結果聞き病院出たら青い空

ハイビスカス

無口でも居ると居ないで大違い

山下博美

作者にうかがうと、ご主人の三回忌を終えて詠んだ句だとのことでした。亡くなられてからの作品と知ると、この句の味わいはより深まります。もともと口数の少ない人だったけど、今では声一つ聞こえてこない。「シーン」としたものが差し込んでくる胸中。この句以降、作者は健康川柳を楽しんでおられる様子で、そんな日々を題材にした良句をたくさん頂いております。

好きだった
頃もあるから
まぁいいか

りんご姫

支払いの
時だけ三歩
さがる妻

夢邸

散る花にまた来年を約束し

松本利博

「じいちゃん」と二人の時は呼ぶな妻

熊沢政幸

この声は演歌が合うと聞くお経

三崎幸子

日だまりで猫爺婆が正座する

芋粥

「先に逝き待ってる」『いいえ待たないで』

中口信夫

腹立っているときの鍋ピカピカに

牧野文子

忘れものお寺の鐘で思い出し

西田いちお

涼し気で自由な響きスッポンポン

邪素民

家計簿の前に座禅の様な妻

大杉フサオ

見舞客遠くから来て不安増す

熊沢政幸

こういうのほしかったのと少しウソ

山田芳子

最年長これからずーと最年長

大鹿新次

近藤師範より

男のブルース

抜け毛までついに少なくなってきた

毛というと、すぐに近所のスーパーの七夕飾りを思い出します。七夕が近づくと、店内に大きなササを飾って「夢を短冊に」という趣旨のサービスをしているのですが、ある年、「毛」とだけ書いた短冊がつり下げられていました。

たった一字に込めた願い――何か切なさを感じつつも、ちょっと笑ってしまいました。

女性の場合は、たった一本の白髪にも「あら、嫌だわ」などと嘆きがちです。でも、河合隼雄氏の『「老いる」とはどういうことか』で紹介されている女性はそうはおっしゃらず、こう言って喜んだのだそうです。

「自分もやっと老人になるところまで生きのびたのだ」

少女の頃から難病を患い、余命を何度も告げられながらの人生が込められていたのです。

抜け毛が多いという時期はとっくに過ぎて、抜け毛も少なくなったことへの嘆きの句、笑いを誘う毛っ作でもあります。

水野晶子の
〝川柳な人々〟

恋人の
時より強く
抱く介護

毎年一月に行われる「初春・近藤流健康川柳の集い」で、年間に集まる五万以上の句の中から大賞に輝き、同時に観客の一票で決まる会場賞にも選ばれた「毎土きくお」さん。ご本名は中村敬三さん（七〇）です。

十四年前のある日。突然、中村さんを異変が襲いました。自転車で軽快に遠出を楽しんでいた最中のことです。手も足も、全く動かなくなったのです。何が起こったのか？　一体どうなっているのか？　わけがわからないまま、救急車で運ばれました。

医者は、原因が特定できないとしながらも、二十年近く前の交通事故で衝突されたときの影響が、今になって出たのかもしれないと言います。頸椎ヘルニアで知覚神経が損傷を受けたために、四肢に麻痺が残るだろう、と。

入院中は、頭も首も肩も固定されて、一ミリさえも動くことができない状態が続きました。激しい痛みで眠ることもできず、看護師やヘルパーのスタッフを呼んでも、人手不足なのか、なかなか来てもらえない。そうして最終的な診断で、回復の見込みはないと宣告されました。

死にたい。

それが、正直な気持ちでした。

手術もしました。が、それで身体《からだ》の自由が戻ってくるわけではありませんでした。待っていたのは、厳しいリハビリ。

病室のベッドから、身体全体を、妻の良子さん（六六）にしっかりと抱えられて車椅子へ。リハビリを終えると、また車椅子から全身を良子さんに委《ゆだ》ねて、ベッドへ。

奥さまに抱えられるときの気持ちは、いかほどだったでしょう。でも、中村さんは、自分のやりきれなさではなく、介助する良子さんの気持ちを想像して、浮かんでくる言葉を紡ぎました。

恋人の時より強く抱く介護

今、中村さんは四肢の麻痺が残るものの、自力で日常の暮らしを楽しんでいます。回復は無理でも、せめて現状維持をしようとリハビリを継続してきた成果です。朝から歩き、一時間のメニューを全てこなす、独自のリハビリ。一日も欠かしたことはありません。

中村さんの傍で、良子さんは「夫は病気をしてから、弱い立場の人のことを考える人になってくれた。だから以前より、一緒にいて楽ですよ」と微笑《ほほえ》みます。

中村さん自身も、以前は言えなかった「ありがとう」を、今は奥さまに伝えられるようになったと変化を認めます。

最後に、お二人を表現する、もう一つの川柳をご紹介しましょう。

愛してる　小文字でいつも思ってる

部屋一つ与え正解定年後

田川弘子

やはり定年後、二階の一部屋を与えられ、終日、石原裕次郎さんの歌を聴いている男の話をエッセイで読んだことがあります。この句にも「正解」とありますから、きっとご亭主は独り楽しくやっているのでしょう。実はこの作品を頂いたとき、作者からこんな投句もありました。「二階《うえ》と一階《した》逝く時きっと一人だな」。併せて味わうと夫婦の心模様が見えてくるようです。

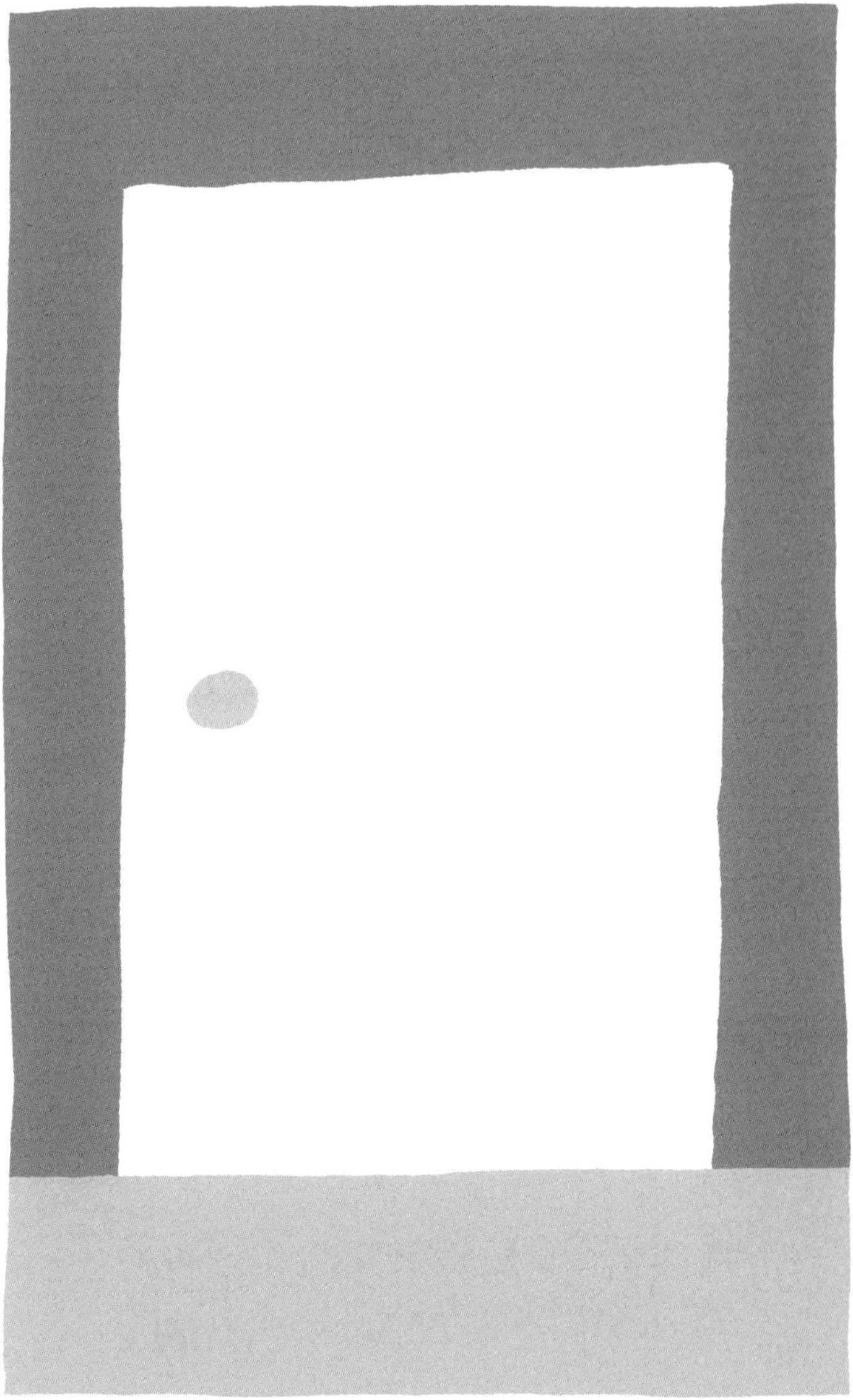

「おい、おい」と呼ばれることに飽きてます

牧野文子

正直に
言えと言ったが
そこまでは

西郷隆雄

「ごめんね」に続く「けれど」でまたもめる

夢邸

ばあちゃんが肩で風きるヅカ帰り

河内のオスカル

ゴミ出しの度に感じる生きている

りんご姫

病窓に冬は越したと日差し言う

田原勝弘

百才が知らぬ言葉を辞書で引く

野田三蔵

人づてに聞いてうれしやほめ言葉

熊沢政幸

ごめんねが言えずうちわの風を向け

小玉ノブ

気がかりな事のおかげで張りも出来

古結芳子

その言葉エコーをかけてのこしたい

大杉フサオ

大女優僕と一緒に歳をとり

芝原茂

時間はみんなに平等です。美男美女だからとか、お金持ちだからとかいっても一日二十五時間とはなりません。ですから、みんなのマドンナだった女性も同じように年をとって同窓会に現れます。えくぼがそのままだったりすると、ちょっと悲しい……。吉永小百合さんと同じ大学に通ってました。キャンパスでも時折見かけました。今、TVや映画で吉永さんを見ると、この句がふと頭に浮かびます。

昔恋
今は検査で
胸さわぐ

けい

今回は
折れてやるかと
また折れる

三宅一歩

犬に言うように俺にも言ってくれ

真砂博

天国はあるなと思うウロコ雲

徳留節

一日の楽しいことを湯に浮かべ

原田光津子

ポチ

婆ちゃんのお経のリズム演歌じみ

松村和子

片付けし探し物して妻多忙

カメ吉

風邪ひくと人生観が変わる人

安川修司

ときめいた時もあったな今動悸

アントニオトトロ

一人だと寂し二人はうっとうし

吉田エミ子

「無理するな」意外にこれがやる気出る

夢邸

年ばれているのに化けるクラス会
原田光津子

長生きの秘訣知っても真似できず
高尾和人

父さんの「何でもいい」のややこしさ
渡辺啓充

近藤師範より

生命をどう詠むか

　ゴミ出しの度に感じる生きている

胸中の思いはどう描けばいいのか。心は形を持っていないから、描きにくいのです。でも、手はある。自分と人、物、自然との距離感や関係性を描いていく手法です。

みなさんがよくご存じのフォーク「なごり雪」を例にとれば、人＝駅のホームで君を見送るぼく　物＝時計を気にしているうちに動き始めた汽車　自然＝春に舞う季節はずれの雪……心情が感じ取れますよね。

もう一つ、難しいのは生きていることをどう描くかです。ぼくなりに考えたのは、五感、とりわけ視《み》る、聴くです。一本のケヤキでもいい。鳥の鳴き声でもいい。とにかくじっと目を凝らす。じっと耳を澄ます。すると心身の奥から何かが湧いてくる。何かそこに生きているという感覚が伴わないでしょうか。

MBSラジオ「しあわせの五・七・五」で「ゴミ出しの」の上五を○○○○にして、「みなさんはどんな言葉を」と呼びかけたことがあります。ぼくも考え、「帰省する」と言ってみました。

ごめんね寝てる顔には言えるのに

くりママ

人に胸の内をどう打ち明けるか。俳句だと自然に託したりしますが、この句では「寝てる顔」に、です。きっと「ごめんね」も低くつぶやくような口調でしょう。ただ注目したいのは語尾の「ね」です。この「ね」に夫婦の間にまだ通い合うものが感じられるのです。「ね」は親密さを表すのに大事な一字。男女の別れ際も「じゃー」より「じゃーね」のほうが期待が持てるでしょ。

「ありがとう」
顔でも言えと
妻が言う

和泉雄幸

腹八分
五分か四分の
感じする

津川トシノ

楽しい日文字はみ出した日記帳
福井恵子

一年を桜は褒めてくれている
足立生子

抱き上げた事もあったと妻を見る
芝原茂

標準語モードの妻は要注意

夢邸

スッピンも一度なったら止められん

羽室志律江

追われてた仕事を今は追いかける

中林照明

仏壇はよろず悩みの相談所

楠部千鶴

覗《のぞ》いたら覗かれていた腹のなか

三宅一歩

「老けたなあ」親子で言うて見つめ合う

ゆめさき川

出たところを
月に見られた
縄のれん

徳留節

季節感は俳句の身上ですが、川柳は同じ月を詠んでも生活感から抜け出せず、人間臭い。そこがいいんですね。「出たところを」の上五を擬人法で描く中七「月に見られた」がうまくつないでいます。月と目が合った感じがよく出ているんですね。この種の句の下五には「縄のれん」や「屋台酒」などがよく出てくるんですが、月との関係上「縄のれん」がぴったりきますよね。

いつ帰る
聞かれてないが
電話する

山本光雄

他人《ひと》のこと
よう知ってるな
あのおばチャン

福井恵子

欠伸して欠伸で返事老夫婦

北川吉弘

眼覚ましの前に目が覚めじっと待つ

安川修司

妻ネタは仲が悪けりゃ書けやせぬ

真田滋

もう一回言ってほしいなそのお世辞

山田芳子

先逝くな私が先も嫌だけど

三﨑幸子

悩んでも悩まなくても朝は来る

たるちゃん

近藤師範より

桜のささやき

一年を桜は褒めてくれている

桜を題材にした文芸作品は分野を問わず多々あります。大きくは生と死のテーマに絡んで取り上げられています。心に残る作品は、と思い浮かべてみても、挙げていけば切りがなさそうです。

そういう意味で、日本人は結構桜にはすれっからしです。ああ、そう来ましたか。その表現法、ありますよね……桜を描いた作品にはそんな感想がつきまとうのです。

ですが、この句は、ひと味違ったものが感じられ、新鮮です。桜のほうは花見の人をどう見ているのだろうか。桜が人に代わって見る側に回ったような、一種の擬人化が面白いんですね。元気で一年を過ごせたことを桜と共に喜ぶのは、多くの作品と変わらないものの、作者の立ち位置が良句につながった印象です。ごく自然で、素直に詠んでいる感じも好感が持てます。

この句に触発されて、思ったものです。来年の春は桜の木の下に立ち、無事を喜び、かつ、ほめてくれている桜のささやきをぜひ聞きたいと。

おわりに

川柳の情味を生き抜く力に

昨夏、MBSラジオ「しあわせの五・七・五」で、水野晶子さんが「先輩のような番組が六十年以上前にも存在していました」と毎日放送の前身、新日本放送の川柳番組を紹介してくれました。その番組に投句の良句は、一九五五（昭和三〇）年四月に発行の作品集『放送川柳』にまとめられているので、それをもとに水野さんと感想を述べ合ったのですが、当時の生活情景がよみがえり、感懐を覚えたものです。

行水も母の番には灯がともり
貰《もら》い風呂ついでに皿も返して来
厳格な父の書斎にあるこけし
ふるさとを出てハイヒール音を立て

選者が大阪の川柳結社「番傘」を率いた岸本水府《きしもとすいふ》（一八九二―一九六五）というのもう

れしく、「行水」の句では彼の句も思い出されました。

行水が三つ四つ見えて駅に入る

ぼくが川柳に引かれる一番の理由は、おかしみと共にある人間の情味です。藤沢周平氏が「市井の人びと」と題したエッセイでこんなことを書いています。

〈人間には、人間が人間であることにおいて、時代を超越して抱え込んで来た不変の部分もまたあるだろう〉

氏は、そう断わって『誹風柳多留《はいふうやなぎだる》』から次の二句を抜き出してみせます。

ちつとづつ母手伝つてどらにする／母親はむす子のうそをたしてやり

「どら」は「どら息子」のことで、そうしてかばうのも不変の親の情というわけです。

『放送川柳』発行の年には、日本の経済は戦後最良の成長をみて、翌年の経済白書は「もはや戦後ではない」とうたっています。確かに経済は新局面に入ったのでしょうが、人々の生活はまだ貧しく、物も乏しい。でも何かしら幸せだったのは、きっと通い合う人情が子ども心にも感じられたからでしょうか。今日、物は豊かになりましたが、幸福感はどうでしょう。川柳ならではの情味にふれて、生き抜く力を、と願っています。

近藤勝重 こんどう・かつしげ

コラムニスト。毎日新聞客員編集委員。早稲田大学政治経済学部卒業後の1969年毎日新聞社に入社。早稲田大学大学院政治学研究科のジャーナリズムコースで「文章表現」を出講中、親交のあった俳優の高倉健氏も聴講。毎日新聞では論説委員、「サンデー毎日」編集長、専門編集委員などを歴任。夕刊に長年連載の「しあわせのトンボ」は大人気コラム。10万部突破のベストセラー『書くことが思いつかない人のための文章教室』や『必ず書ける「3つが基本」の文章術』(ともに幻冬舎新書)、『今日という一日のために』(幻冬舎)など著書多数。TBS、MBSラジオの情報番組にレギュラー出演し、毎日新聞(大阪)の人気企画「近藤流健康川柳」や「サンデー毎日」の「ラブYOU川柳」の選者を務め、幻冬舎で「しあわせのトンボ塾——大人のための文章サロン」を主宰している。

ますます健康川柳 210の教え

2017年7月25日　第1刷発行
2020年10月30日　第3刷発行

著　者　近藤勝重
発行人　見城　徹
編集人　福島広司
発行所　株式会社　幻冬舎
〒151-0051　東京都渋谷区千駄ヶ谷4-9-7
電話　03(5411)6211(編集)
　　　03(5411)6222(営業)
振替　00120-8-767643
印　刷
製本所　中央精版印刷株式会社

検印廃止

ISBN978-4-344-03147-0 C0095

幻冬舎ホームページアドレス　https://www.gentosha.co.jp/
この本に関するご意見・ご感想をメールでお寄せいただく場合は、comment@gentosha.co.jpまで。

GENTOSHA